CHAN•OK
LABEL DIRIGÉ PAR HÉLÈNE CHARBONNIER

Deux

Deux sœurs, Fleur Rose et Fleur Lotus

Reproduit et achevé d'imprimer en mars 2009 par l'imprimerie Pollina (France) - n°L49149

Dépôt légal : avril 2009
ISBN : 978-2-916899-23-7

Loi n°49-956 du 16 juillet 1949 sur les publications destinées à la jeunesse

www.chan-ok.fr
www.editions.flammarion.com

Deux Sœurs

Fleur Lotus

Fleur Rose

TEXTE ET ILLUSTRATIONS DE KIM SEJUNG

TRADUIT DU CORÉEN PAR LIM YEONG-HEE ET FRANÇOISE NAGEL

IL Y A BIEN LONGTEMPS, dans une province de Corée,
vivaient deux sœurs dont l'aînée Janghwa était surnommée Fleur Rose,
et la cadette Hongryeon, était surnommée Fleur Lotus.
Elles avaient perdu leur mère quand elles étaient toutes petites.
Leur père, Monsieur Bae, les aimait tellement
qu'elles se trouvaient très heureuses.
Leur vie était simple et paisible.

Un jour, le père des deux sœurs se remaria
avec une femme réputée pour sa beauté et sa gentillesse.
En réalité, cette femme était d'une grande cruauté
et elle n'avait épousé Monsieur Bae que pour sa fortune.
Elle avait un fils, nommé Jangsae, aussi méchant que sa mère.

À cette époque, les parents préféraient généralement
avoir des garçons plutôt que des filles,
le père des deux sœurs se prit d'affection pour Jangsae
et délaissa petit à petit ses propres filles.

Jangsae prenait un malin plaisir à jouer toutes sortes
de mauvais tours à ses demi-sœurs. Il ne ratait jamais une occasion !
Souvent, il ramenait du village un chien méchant et lui ordonnait
de courir après Fleur Rose et Fleur Lotus. Cela ne manquait jamais
de paniquer les deux jeunes filles et amusait beaucoup Jangsae.

N'y tenant plus, Fleur Rose, l'aînée, décida d'aller se plaindre à son père.
— Père, notre belle-mère et Jangsae nous font plein de misères.
— Tu ne devrais pas dire de pareilles choses, mon enfant.
Nous formons une famille unie maintenant. C'est à ta sœur et à toi de leur ouvrir votre cœur, et tu verras, ils se montreront très gentils avec vous.
— Ça ne marchera jamais, Père, j'en suis sûre !
— Essayez au moins de faire ce que je vous dis.
Fleur Rose eut beau tenter d'expliquer, son père n'entendit pas.

Plus le temps passait, plus les méchancetés de la nouvelle Madame Bae se multipliaient. Et Monsieur Bae ne remarquait toujours rien !

Un beau jour, il décida de marier sa fille aînée et se lança dans de folles dépenses pour les préparatifs de la cérémonie. Fleur Rose en voulut beaucoup à son père qui allait la forçait à épouser un homme qu'elle n'avait jamais vu de sa vie. De plus, l'idée de laisser sa jeune sœur toute seule à la merci de Jangsae et de leur belle-mère l'inquiétait. Hélas, elle n'avait guère le choix.

Autrefois, en Corée, la coutume voulait qu'une fois mariée, une femme ne rende plus que rarement visite à ses parents. Aussi Fleur Lotus était envahie de tristesse à la pensée de voir partir sa grande sœur.

Malgré tout, elle essayait de consoler Fleur Rose, encore plus malheureuse qu'elle :

— Ne te fais pas de souci, Grande Sœur, je viendrai te voir souvent.

De son côté, la belle-mère, qui enrageait de voir son mari dépenser autant d'argent, échafauda un plan diabolique pour empêcher le mariage.

Une nuit, alors que la lune
était dans son premier quartier,
Madame Bae s'adressa à Fleur Rose
avec une gentillesse inattendue :
— Tu nous manqueras
quand tu seras mariée, ma jolie !
Pourquoi n'irais-tu pas admirer
la lune avec ton frère, avant de quitter
définitivement cette maison ?
— Comme vous voulez, Mère.
— Je vais avec eux, intervint Fleur Lotus.
— Toi, tu restes à la maison avec moi,
ordonna Madame Bae.
Sur ces mots, elle agrippa le poignet
de Fleur Lotus, puis pressa Fleur Rose
et Jangsae de sortir.

Arrivé sur un pont qui enjambait un étang, Jangsae s'arrêta.
— Regarde la lune ! s'exclama-t-il. Comme elle est belle !
Alors que Fleur Rose contemplait l'astre de la nuit,
Jangsae la poussa brutalement par-dessus le parapet.
La jeune fille tomba à l'eau si soudainement
qu'elle ne poussa même pas un cri.

Jangsae rentra à la maison et rapporta que Fleur Rose
avait trébuché sur le pont et s'était noyée dans l'étang.
Cette affreuse nouvelle tomba comme la foudre
sur la famille qui en resta toute désemparée.
Feignant la tristesse, Madame Bae s'efforça avec patience
de réconforter son mari inconsolable.
Quant à Fleur Lotus, bientôt épuisée par les pleurs,
elle ne tarda pas à s'endormir.

Dans son rêve, Fleur Lotus entendit la voix de Fleur Rose qui l'appelait :
— Hongryeon ! Hongryeon !
Folle de joie, elle se redressa et vit sa sœur dans ses vêtements trempés.
— C'est Jangsae qui m'a poussée dans l'eau, lui dit Fleur Rose.
Fleur Lotus se réveilla brusquement. Enfin, elle connaissait la vérité.
Incapable de supporter la douleur de vivre sans sa sœur,
elle alla se jeter dans l'étang, au même endroit où Fleur Rose avait chuté.

Après ce malheureux événement, il régna autour de l'étang une atmosphère sinistre et l'on entendit souvent des sons lugubres résonner dans les parages. Les habitants des environs prirent l'habitude de faire de grands détours pour éviter de passer par cet endroit.
Quand un nouveau gouverneur prenait ses fonctions, il y renonçait dès lors qu'il voyait les fantômes des deux sœurs venues lui réclamer justice. Comme le bruit s'en était répandu dans tout le pays, plus personne ne voulait être le gouverneur de cette province.

Or un jour, Monsieur Jeong, un homme d'une grande bravoure, se proposa pour exercer cette charge tant redoutée.

— Des fantômes ? Quelle bêtise ! Qu'ils se montrent s'ils l'osent, je les attends de pied ferme ! se disait-il.

La première nuit suivant sa prise de fonction, les gémissements habituels
retentirent et peu de temps après, la porte de la chambre s'ouvrit.
Fleur Rose et Fleur Lotus entrèrent, leurs vêtements dégoulinants d'eau.
Terrorisé, Monsieur Jeong prit cependant son courage à deux mains
pour leur demander :
— Pourquoi hantez-vous cet endroit ?
Quelle est la raison d'une telle tristesse ?
— Nous pleurons sur l'injustice de notre mort,
répondirent les deux revenantes.
Alors, les deux sœurs racontèrent au nouveau gouverneur
tout ce qu'elles avaient subi depuis le remariage de leur père.
Leur récit terminé, elles se prosternèrent avec respect
avant de disparaître. La frayeur du gouverneur s'envola aussitôt.
Celui-ci fut pris de compassion.

Dès le lever du jour, Monsieur Jeong convoqua Madame Bae et Jangsae.
Il les accusa des crimes commis contre les deux sœurs.
La mère et le fils commencèrent par nier, puis finirent par tout avouer.
On leur confisqua leurs biens et ils furent condamnés à mener une vie errante,
loin des regards, car leurs fronts portaient désormais la marque de leur noirceur.

Monsieur Jeong reprocha durement à Monsieur Bae sa faiblesse et le renvoya chez lui. Profondément attristé, il érigea un monument funéraire à l'entrée du village pour apaiser l'âme de ses deux filles qui avaient connu une mort si injuste. À cet instant, Fleur Rose et Fleur Lotus purent se libérer de leur apparence fantomatique et monter au ciel.